큰글
한국문학선집

장정심 시선집

국화

일러두기

1. 원전에는 '한자[한글]'로 되어 있는 형태를 독자들의 이해를 돕기 위해 '한글(한자)'의 형식으로 모두 바꾸었다. 다만 제목의 경우, 한자를 삭제하고 한글로 표기하고 이를 각주를 달아 한자를 알아볼 수 있도록 하였다.
2. 원전에서 알아볼 수 없는 글자는 '●'으로 표시하였다.
3. 이해를 돕기 위하여 편집자 주를 달았다.
4. 이 책의 목차는 시 제목의 가나다순으로 배열하였다.

목 차

간다

나도 가고 너도 가고
온 세상이 다 지나간다
어제도 가고 오늘도 가니
내날이 또올지 믿을수 없다
어디서 와서 어디로 가는지
모르고 와서 모르게 간다
아니 올수도 없어 왔지만
아니 갈수도 없이 또갈것이다
저 허공의 구름 같이
저 냇가의 물과 같이
그대로 그대로 간다
심장이 뛰는대로 생명은 간다
간다 나는 간다
어제 나도 가고 오늘 나도 간다

어디로 가느냐?
나는 모르나 자꾸 간다

강달

벽공에 밝은 저 달 한가위 걸렸으니
하늘달 강의 달이 서로히 마주 비쳐
내 맘도 임의 눈우에 고이비쳐 보 고 저

거듭해

철나자 죽는다고 나 먹자 늙어지오
맘이란 어리거니 또 한살 늙어왔소
더 늙도 더 젊도 말고 이 대로만 있고저

결심

하기도어렵다 하거니와
아니하기는 그보다 더 어렵소
어제도 아니하겠다 하고
왜 오늘 또 하였단 말이오
실마디 짓듯이 지은 마음
풀리지 말고 그대로만
내일부터 죽을 때까지
결심을 라디움 같이 뭉치시오

고대

당신이 없이는 너무 심심해
옛 날에 같이 밟은 옛 길이라도
밟아라도 볼까하고 밤길을 거니나
바람과 행인만 지나가고 맙데다
당신이 없이는 너무 적막해
황혼의 언덕우에 나가섰노라니
가조와 산조만 사이좋게
삼삼 오오 짝지어 지나갑데다
당신이 없이는 너무 고적해
달돋는 동산에 혼자 올라가
명상이라도 해보려 했더니
별들이 먼저 앉어 속샬 거립데다
당신이 없이는 견댈수 없어
잊고저하야 침상에 누웠더니

잠이란 웨그리 허무맹랑한지
만나라가다가 문여는 소리에 깨였읍니다.

고려의 하경

노송은 경험 있는듯 구프러지고
괴암은 역사 깊은듯 이끼 덮었소
힌 철죽화는 고결하게 피여서
행인의 시야를 끄을어 가오
나즉한 맑은 폭포수는
노래 반주하기에 꼭 좋고
연못에 금어 홍어들은
자유를 예고해주려 나와 헴치오
문무백관이 조회하던 궁궐은
오늘엔 달빛이 대신 가득하고
옛날엔 정사에 골몰했던 집
오늘엔 농부의 밭가는 소리뿐이오
보옥이 숨은 섬돌 아래며
정기가 뭉친 솔잎사이니

행인은 무심이 밟고지나갔으나
그의 자손들이야 무심했으리까!

고총

꽃조차 피지 않은 폐허지
나무란 다 썩어 없어졌고
돌비도 풀이끼에 가려
김서방 이서방을 모르겠소
아무리 내노라 떠들었으나
오늘엔 한줌의 흙조차
문어지고 밟히어 평지 같으니
인생의 자취란 이것뿐일까?

고향

멀어질사록 더 가까이 오는 내 고향

송악산 솔나무도 그립고

만월대 가득찬 달도 그립거니와

그보다 사랑하는이들의 얼굴이 그리워요

선죽교 피다리도 그립고

채하등 물소리도 그립고

송경의 새소리도 그립거니와

그보다 더 집소식이 그리워요

교정

우뚝히 높이 솟은 점잖은 회색집에

피아노 반주에 거룩한 노래가

은근히 기도 소리에 섞여나니

행인도 가다가 머리숙이오

녹음에 앉어서 사방을 돌라보니

하늘 땅이 한 빛으로 푸르렀으니

교정을 높다 할가 시가를 얕다 할가

녹음아 이대로만 늘 푸르러다오

국화

한떨기 무궁화가 담밖에 느러지니
가는이 오는이가 탐내어 꺾어가네
어떠리 다 꺾은들 무궁무진 피나니
한가지 흰 무궁화 한가지 붉은 빛이
두가지 곱게 피어 맘속에 꽂았으니
꿈엔들 잊으리까 죽은들 잊으리까

그네

높다란 저 나무 가지에
굵다란 바줄을 느려매고
서늘한 그늘 잔디 우에서
새와 같이 가벼웁게 난 다
앞으로 올제 앞까지 차고
뒤로 지나갈제 뒷까지 차니
비단치마 바람에 날리는소리
시원하고 부드럽게 휘 — 휘 —
나 실 나 실 하는 머리카락
살랑 설렁하는 옷고름 옷자락
해슬 헤슬하는 치마폭자락
하늘 하늘하게 날센몸을 날린다
늘었다 줄었다
머질줄 모르고 잘도난다

꽃들은 웃고 새들은 노래하니
추천하는 저광경이 쾌락도하다

그 노래

시보다 더 고운 노래
꽃보다 더 고운 노래
물결이 헤어지듯이
가만한 노래가 듣고싶소
듣도록 더 듣고싶은 그 노래
이제는 도무지 들을수 없으니
어디로 가면은 들여 주려오
맑고도 곱고도 다정한 그 노래
병상에 와서도 위로해 주고
고적할 그때도 불러 주고
분주한 그 날에 도와주든
고상하고 다정한 그 노래
침묵의 벗 노래의 벗
그보다 미소의 벗이여

봄에 오려오 가을에 오려오
꿈에라도 그 노래 다시 들려 주시오

그때

내가 당신을 기다릴 때마다
지체말고 오시라했지오
내가 당신을 부를때마다
곧대답하고 오시라했지오
그러나 당신이 오셨을때는
기다리다못해 지친때입니다
그러나 당신이 오셨을때는
대답이없어 돌아갈 때이였읍니다
내가 꽃밭에 물을줄때
그때는 봄날이 였읍니다
내가 뜰아레 눈을 쓸때
그때는 겨울날이 였읍니다
그러나 당신이 오셨을때는
낙엽이 떨어지던때요

그러나 당신이 오셨을 때는
장마가 졌을 때이였읍니다

금강산

반남아 안개 덮여 솔 속에 가렸으니
그대는 명성 같이 사시에 새른 빛이
인간에 별유천지니 에던이 아니었나든가?
풀 빛은 더 푸르고 단풍은 더 붉으니
철저한 그대 뜻을 모를리 없었건만
저대로 그리고자하나 슬어가 부족하오
구름을 휘여잡고 저 하늘 오르고저
먼 산에 가린 솔은 너울 속 신부 같이
햇빛에 거듭 비치어주니 선녀들이 아닐까?
만물의 주인공이 걸작품 예 두시고
이 땅의 보배 되게 만인이 왕래하니
에던이 어디엿나 하다 나는 옌가 하였소

금선

높은줄 낮은줄

가는줄 굵은줄

금선은 나의 생명과 한가지

조선의 정!을 노래하려오

찰라의 인상

오늘의 감상

내일의 명상

지나간 추억

눈물의 역사

구속의 번민

병상의 신음

기쁨의 노래

햇빛과 달빛 아래

슬픔과 즐거움이

심금을 헤치고 나오면서
조선의 강산이 그립다 하오

기억

뇌속에 그 어진줄 게다가 더그어저
괴롭고 쓰린 마음 기억이 새로워라
우슬초 맑은 물로나 지워 볼가 하였소
지우랴 안 지우네 무어로 써놓은지
기억이 병같아서 잠조차 못 이루니
물결과 바람 지나가듯 멀리 멀리 가거라

기차

이 몸은 가야만해 저 곳에 나리도록
내 영도 가야만해 심장에 맥박 따라
몸 마음 다 가야 하리니 나그네가 아닐까

깨어진 화분

우리 집 뜰 아래 화분을 나란히
아침마다 물 가져 오기를 기다리고
목이 마른 애들처럼 바라보아
물주는것이 큰 자미였소
그 가운대 깨어진 화분 하나
그릇은 깨어졌어도 꽃은 더고와
손님이 올 때마다 그 화분으로 가니
그는 부끄러운듯이 고개 숙였소

꽃씨

한송이 백합 속에 무한한 생명의 씨
이것이 진리되어 해마다 곱게 피어
거칠고 퇴색한 우주를 저렇게 꾸며주오
꽃보다 더 귀중한 어린이 노래 웃음
배달의 축복 아래 자라나 무럭무럭
이 땅에 꽃씨 되어서 새 꽃 되어 피소서
담넘어 백만화는 봄부터 피었건만
담안에 꽃봉오리 더디다 웃지마소
꽃 속에 생명과 향기야 다르리까 늦다고
빛이야 희든 붉든 나비야 오든 말든
피었던 꽃뿌리만 땅속에 깊이 묻혀
때 지난 겨울이라도 피일대로 피소서……

꽃 앞에

꽃 보고 웃는 마읍 노래가 새어 나와
태 없이 수심 없이 새들과 나비 같이
아침해 저녁달 아래 방글방글 피 랴 오

꽃이 되면

내 몸이 꽃이 되면 무슨 꽃 피여볼까
제 홀로 피어있는 산중에 난초 되어
남이야 알건말건에 향기 만이 주 리 라

꿈정

탐탐히 그립던 벗 꿈에나 보렸더니
그러나 꿈정이란 웨 그리 허황한지
말커냥 웃도 못하고 흐지부지 깨였소

내 탓

친구를 안다함은 얼굴만 안것이지
맘이야 누가알까 질작도 못하렸다
오늘에 맘 아파 함은 내 탓인가 하노라

염불

눈을 감고 나즉한 저 음성
인정과 물욕을 멀리하려고
애쓰고 힘써서 몇 백번이나
향불을 켜놓고 염주를 헤오
석가모니불 석가모니불
백일을 한하고 기도하는 정성
진리야 어떠한지 모르거니와
저의 정성이란 갸륵도 하오

녹음

바라보아도 서늘하고
앉어보아도 평안하고
서셔다녀도 폭신폭신
누워보니 엄장한 비원과 같소
가만히 들여다 볼 때마다
어린 풀들이 속살거리기를
『내 목을 다칠세 내 목을 다칠세
뜨지도 말고 밟지도 말라』하는듯하오
진실, 선심, 우미, 성결
자연의 에던이 장치되어
가증, 허위, 루추, 번뇌
모두 사라저 바리는 명상의 시간
사랑, 미소, 긴장, 숭배
내 마음 문을열고 가만 가만

내 머리우에 축복하며
은근히 빈방을 찾아주었소

눈물

당신의 눈물은 시가되였고
나의 눈물은 침묵이 되였어요
당신의 눈물은 노래가 되였고
나의 눈물은 수정이 되였어요
만날때 눈물은 우숨이오
떠날때 눈물은 슬픔이니
감격의 눈물 열정의 눈물
눈물이란 모다 위대함니다
당신의 눈물이 결정이 된다면
보석 상자를 만들고 싶어요
나의 눈물이 구슬이된다면
진주 목거리를 만들겠어요
강보의 우름 병상의 우름
만날때 우름 떠날때 우름

울면서 와서 울면서 살다가
인생은 모다 울면서 죽는가함니다

능라도

끝없이 긴 김을 몇 필이든지
저 능라도 맑은 물에 씻어내오
하늘에서 물속에 닿으니
재어보면 몇 억만척 될는지
저 비단 무엇을 만들려오
한폭 두폭 널어 말린 후에
쓰고싶은 내 마음을 그려내어서
훌륭한 족자와 병풍을 만들고싶소

단정

어머님 가르치신 단정이 무엇인가
열집밥 먹을망정 한집밥 자라섰다
작별이 애차롭다 해도 내집찾어 가리라

단풍

푸른 잎은 내 마음이오
붉은 잎은 네 마음이니
두 마음이 비치면
조화 있어 더 고을사
채운이 덮여오니
신부가 걸어오는듯
일광이 반짝거리니
금어가 헴처오는듯

당신

당신을 다시 만날수 있다면
다 식어가려든 실망의 피라도
고도의 심장의 맥박을 가지고
열정의 속도로 따라가 맞이하오리다
당신을 다시 찾을수 있다면
마음바다에 충의의 배를 띠우고
이 몸이 친히 노저을 사공이 되여
임의 궁전 앞까지 모셔 가오리다
당신을 다시 찾을수 있다면
보이는 창고는 (텅) 비었어도
(마)음창고문을 다 열어놓고
전재산을 다 들여 정성껏 잔치하오리다
당신을 다시 만날수 있다면
남몰래 앓던 심화병까지

다 잊고 임의 귓가에 들리도록
이 땅의 새 생명을 노래해 드리오리다

당신에게

당신에게 노래를 청할수있다면
들일락 말락 은은 소리로
우리집 창밖에 홀로와서
내 귀에 가마니 속삭여주시오
당신에게 우슴을 청할수있다면
꿈인듯 생신듯 연연한음조로
봉오리 꽃같이 곻은우슴
괴롭든 즐겁든 늘우서주시오
당신에게 침묵을 청할수있다면
우리가 전일 화원에앉어서
말없이 즐겁게 침묵하던
그침묵 또다시 보내여 주시오
당신에게 무엇을 청할지라도
거절 안하실 터이오니

사랑의 그마음 곻이 싸서
만나는 그날에 그대로주시오

대동강

끝없이 맑고 깊은 강수
임의 궁전이 비치어 있는듯
한없이 높은 저 하늘
찬란한 햇빛 강수를 물들였소
모래와 돌마다 쫍아논 조각인듯
기이한 바위돌 모두가 기형 같이
반만년 오랜시일 뭇 발에
밟히고 씻기고 닦이어졌소
물결은 바람 부는대로
사공은 노를 저어가며
승객은 흥을 따라 노래하니
반공에 저 달도 우리를 환영하오
반짝반짝 저 무수한 별들
강심에 뿌리오 몇 억만개

그래도 넘치지 아니하고 저대로
왼 밤을 통해 별진주를 뿌려주오

독수리

힘있는 용사와 같이
사나운 발톱 사나운눈
사나운 입을 벌이고
기세찬 제 힘을 자랑한다
구름을 헤치고 올라가네
햇빛도 뜨겁지 아니한지
올라갈 때 나려올 때
한없이 높이 한없이 나즉이

돌쪼각

쪽고 다듬어 아로사긴 저 비석
장인의 수공이 얼마나 장한가
이제야 돌이라 할가 보배라 하지
우리의 마음도 쪽고 다듬어

쪽고 색칠한 저 조각상
예술의 미가 화려하다고
뉘라서 굴러 다니던 돌쪼각이라 할고
우리의 마음도 아름다운 조각상 같이

두견성

뻑……꾹 뻑……꾹

네음성 들리건만 네자태 볼수없다

두견화란 페허지에 만개해 덮었건만

꽃보다 더고흔정 내못잊어 하노라

뻑……꾹 뻑……꾹

말잘하던 자손들은 지루하다 다갔으나

말못하는 네홀로 밤새도록 남어있어

페허지 못잊어 숙직하며 우는가

만월대란 달밝어나 흐리거나

찬이슬에 깃젖어도 마다않고

낮이나 밤이나 가마니 숨어앉어

페허지 못잊어 숙직하며 우는가

뻑……꾹 뻑……꾹

오늘밤 곤한잠에 네음성 들릴지니

애연한 네울음에 내창자 끊어질레
웃을날도 머쟎아 올테니 피나게 우지마라

두문동

두 문동 충신의 잠

봄 와도 깨지 아니하고

뭇 자손에 가고오는 편에

옛 이야기 만들려 주었소

한 마음 두 마음도 모우기 어렵거던

七十二心[칠십이심] 한대 모인 거룩한 마음

흙 속에서 샘이 되어서

피와 정기를 뭇 자손에게 보내 주었소

똑닥선

새파란 물결우로 연백색 하늘아래
똑닥선 똑닥똑닥 쉽사리 건너가오
내 가슴 똑닥선도 똑닥똑닥 쉬잖소

뜻

큰 뜻이 숨겼으니 눈물과 괴롬이라
이것이 뿌리 되어 날마다 자라나서
맘대로 기동 석가레 골라 쓰게 하리라

뜻세움

석가레 세우듯이 세우나니
땅을 깊이 파고 세우려하오
화살을 보내듯이 곧을지니
자신을 먼저 바르게 하려오
막대를 세우듯이 세울지니
지, 정, 의 세개를 모아 세려오
뚝섬을막듯이 막을지니
한방울 물도 샐틈없이 하려오

난초

깊은뫼 험한 돌틈 네고이 행기 내어
남이야 알던말던 연년이 다시 피니
내 더욱 너를 사랑해 『悟蘭[오란]』이라 하였다

마시오

세게[1]를 다 주고도 바꾸지 못할 몸
무엇을 대신 주고 오시오
한잔 두잔 한번 두번
취ㅎ도록 싫도록 먹고 오시오
귀하게 자란 몸 오늘에 와서
신용 체면 친구 다 잃어바리고
허수아비같이 등신만 왔으니
만번 부탁하노니 부대 마시오

---

1) 세계.

마음꽃

꽃 피는 봄날이니 맘에도 꽃피려오
마음꽃 피려하면 몇가지 빛이 될고
보시오 저청산 같이 한빛만이 어떴소

만월대

만월대 밝은 달에
옛 정이 새로워라
하늘도 푸르거니
솔잎 더 푸르단말
화려하던 임의 궁터
솔뫼 높이 둘러 있고
민심으로 밝히던 집
달빛 별빛 채우단말
오백년 긴 역사가
솔잎 속에 숨었으니
바람 분다 소리칠가
때가 와야 말 라오지

맑은 그 눈

내게 당신이 한마디도 안했어도
오늘은 확실이 알았읍니다
말은 없었어도 당신의 눈동자에
맑고 진실한 사랑을 알았읍니다
내일이나 모래이나 영원까지라도
행여나 한마디라도 내게 말한다면
고상하고 맑은 그사랑은 변할지니
부대 아무 말도말고 침묵한 해주시오
창공의 저 별은 하늘의 사랑의 눈
고요한 생각은 마음의 사랑의 눈
당신의 침묵한 맑은 그눈
설명하기를 원하지 아니합니다
저 햇빛은 우주의 사랑의 눈
반월은 밤세상의 사랑의 눈

당신의 어진 눈은 내마음에
진정을 표시해주든 사랑의 눈입니다

맘

추강에 달이 뜨니 천지가 고결하다
하늘을 높다 할가 물속을 깊다 할가
그보다 깊고 높은것은 마음인가 하 였 소

매화

저매화 겨울되면 오히려 더 고운이
지조가 숨겼으니 약하다 뉘하리까
강약은 겉 보고 모르렸다 지내봐야 아나니

명상의 벗

심심할 때마다 내 눈을 감으면
제일 좋은 친구가 내게 나타나셨소
그의 키는 전나무 같이 훌신하고
그의 목은 상아로 깎아 세운듯하오
코는 우뚝하며 존귀하고
입은 복스럽고 귀염스러워
눈에는 지혜가 가득 담기고
두 뇌에는 큰 생각이 담겨있소
손가락마다 재주가 보이고
길게 끄을리는 치마자락에
행복과 사랑을 담아 온듯이
생각만 해도 애착이 뿐이오
말이 없어도 웃음이 없어도
오히려 그것이 더 사랑스러워

내가 원하든 그때마다 와 주었으니
고적과 적막도 별로 모라섰소

명화

방안에 『로고머쓰』 날위해 늘있어서
고적과 적막 없이 날마다 바라볼제
다른벗 이별하여도 벽화벗은 늘 있소

목란

기사들 지나갔소 활발한 말굽 소리
목란이 여장군을 내 깊이 연연하니
아직도 어린 날 기억 어제 같이 새롭소

물줄기

거친돌 있건마는 본체도 아니하고
제 갈길 바쁜듯이 흐르네 백리 천리
내 뜻도 저 물줄기 같이 꾸준하게 펴리라

몸

이 몸이 다시 되면 무엇이 되어볼까
사막의 샘이 되고 광야의 등이 되어
행인의 마실 물 밝은 등 되어줄가 하였소

뫼꽃

절벽에 꽃 한송이 어디서 날아와서
몇 십길 절벽 사이 어떻게 피었는가
초월도 저와 같이하야 진세 떠나 살련다

무지개

반공에 찬란한 칠색의 무지개
비단을 물들여 색골라 걸은듯
동에서 서편까지 길게 늘이어
우주에 홍여를 틀어 세웠소
곱고도 기어한 저 구름쪼각
색보를 모은듯 쪼각쪼각
갑작이 황홀히 변해지니
화가의 붓끝이 따라오는듯
뜰 아래 화분에 비최주니
백촉의 전등을 비최논듯
언니의 의복의 비최오니
화려한 공주가 나타난듯
기사의 손에 필림을 돌리듯
어느덧 무지개 희미해지니

내 마음 갑작이 서원하여서
울듯이 웃을듯 어쩔지 몰랐소

묻지 마오

웨 우는가? 묻지 마시오
나도 모르고 우는 울음이니
뉘라서 알 사람이 도모지 없이
울어야만 시원할내울음 이오
웨 웃는가? 묻지 마시오
나도 모르게 공연히 기쁘니
참을수 없는 웃음이기에
대답도 없이 웃었든것이오

박연

기이한 저 폭포는 뉘 손의 아로사겨
이땅의 보배되어 숭고히 창조됐나
복되다 고려 자손들아 네뜻길이펴리라
반공의 저 물줄기 흐르나 날아오나
주인공 그 뉘신고 곳마다 맑은 자연
반만년 그침없이맑에 한결같이 흐르단
잠세한 깊은 물에 봄빛이 찬란한데
황진은 어디 가고 돌우에 시만사겨
행인이 옛 정 못 잊어 참아 못 가 세우나
굳센 물 우리의 뜻 맑은 빛 우리 마음
푸른 물 우리 정신 높은 산 우리 이상
날마다 그대 같이 쉬쟎고 명상하라 예왔지

반대

내 마음 이렇다면 제맘은 저렇다네
만사가 다다르니 맘인들 같으리까
상대가 많다 하거니 그래도 길 다짧 다

배달부

반가운 소식 급한 소식
저 배달부의 가방 속에서
신의 있게 전하고 지나가니
저의 걸음은 복스럽소
치우나 더우나 비 오나 눈 오나
먼 집 가까운집 고루 찾아
아침부터 저녁 때까지
저의 맡은 책임을 다하고 가오

백매화

멀리서 바라뵈는 순결한 저 백매화
매환가 동백인가 탐스런 꽃가지들
힌 꽃에 푸른 잎이란 향기 더욱 끄으오
꿀벌은 향기 따라 붕붕붕 달려오고
쌍나비 색을 따라 팔팔팔 날아오니
이 강산 자유 생활은 그대인가 하였소
적은 돌 큰 돌들이 길가에 놓였으니
둥글고 모진것이 새낀듯 기묘해라
어느때 뉘 손의 만들려 이 강산에 주었소
풀폭이 땅을 덮어 깁 같이 부드럽고
녹음은 병풍 되어 은근히 가렸으니
아마도 화세계라던 곳 나는 옌가 하였소

백지편지

쓰자니 수다하고 안 쓰잔 억울하오
다 쓰지 못할바엔 백지로 보내오니
호의로 읽어보시오 좋은 뜻만 씨웠소

벼 이삭

황금색 벼 이삭들
머리 숙인 겸손한 태도
남들은 고개 들고 자랑하나
저 홀로 고개 숙였소
주인을 기다리는 익은 곡식
황혼의 저의 빛이 더 찬란하니
한입 두입 잔득 물고서
겸손히 존경히 머리 숙였소

변우

멎을줄 모르고 구르는 공 같이

띠굴 띠굴 띠굴 어디로 갔나

어제는 甲[갑] 보고 웃고 놀더니

오늘은 또 乙[을]보고 웃고 노네

웃움도 잠간 말도 잠간

미움도 잠간 사랑도 잠간

꿈과 같이 취중과 같이

하루살이 같은 변우의 마음

별궁전

무수한 저 별들을 뉘라서 헤어볼고
금광을 헤치는듯 황홀한 금쪼각들
황금을 하늘에 두었으니 무엇이 부려을고.

별 하나

푸른빛 흰 구름이 별 하나 둘러싸서
외로운 공주별을 뭇 별이 치하하나
그래도 본체만체하고 고요히 비쳐주오

봄

봄빛이 돌아오니 하늘땅 새로워라
눈속에 봄이 오고 맘속에 봄이 오니
어댄들 봄 아니 오랴 무궁화도 피려오

부벽루

우뚝한 저 부벽루

물 우에 솟아있으니

사시로 기이한 자연을

값없이 뵈어주었소

서늘한 바람이여

광명한 태양이여

은은한 달빛이여

모두 우리위해 찾어오는 벗이었소

불심

부쳐님 육년 고행 뭇 마음 닦고닦아
속념을 다 버리고 한가히 염불하니
객심도 불심에 취해 돌아갈길 잊 었 소

비밀

비밀이 무엇인가 땅속에 묻힌 씨가
잎돋고 꽃 피기전 음돋은 저뿌리지
마음도 잎돋고 꽃피리니 비밀히 있으리까

비원

무엇이 감추었나 첩첩이 잠근 비원
주인은 어디 가고 길손이 집을 채워
옛 역사 옛 미술품에 눈물겨워 나왔소

빨래 터

힌 빨래는 웋 물에서
검은 빨래는 아레 물에서
방망이를 올렸다 나렸다
토두락 탁 탁 장단마치오
추하고 퇴색한것 모두다
돌우에 놓고 주물러
맑은 물에 흔들어 헤어서
추하고 더러운것 흘려 띠워 버렸소

사랑

사랑이 어떻던가 묻지마서요
설명할수 없는것은 사랑이라 합니다
사랑의맛이 어떨가 생각마서요
달고 쓰다고 말할수 없다 합니다
웃음이 사랑인가?
눈물이 사랑인가?
아무에도 묻지마서요
슬픈지 기쁜지 뉘알겠어요
사랑을 부르라 호령마서요
입도없는지 대답도없다 합니다
사랑을 사달라 조르지마서요
값도없는지 살수도없다 고합니다
사랑은 사랑인지 모르고있을
그때가 진실한 사랑이라 합니다

사랑의 경중을 달아보자 마서요
눈물과 우숨밖에없다고 합니다

사원

전등사 약수마시고 정신을 차린 후에
마의산에 올라가 옛 역사 들으니
마의태자는 백일을 한날 같이
이 백성 위하야 정성을 드리셨다 하오
장안사 앞에는 "I love you"라고
지워지지 아니하게 돌 우에 새겼으나
나는 내 마음 속에 새겨 두려하오
『내가 너를 사랑한다』라고……

새벽별

숨으려 망서리오 경경한 저 새벽별
무엇이 무서운지 햇빛을 피하랴오
햇비치 쪼첬으리까 제짐즛 피함이지

새벽종

늦도록 잠못자던 침실에
새벽잠 들락말락하던
그 어떠한 기숙사방에
날 놀래 깨던 새벽 종소리
집생각이 종소리 따라
새삼스럽게 구슬프던 날
기억에 남아 종소리만 들으면
가슴이 공연히 산란해지오

새해

구슬을 끼인듯

연결된 어제와 오늘

국경을 한한듯

나누인 옛 해와 새해

옛 날은 눈물로 보냈으나

새 날은 웃음으로 맞이하오

생각으로 표정으로 부터

가정에서 사회까지

옛 날은 빈곤과 억울이

우리를 눌렀으나

새 날은 평화와 행복이

우리를 찾아왔소

맞이하는 맘아 맘껏 힘껏

새 살림을 만들자

새 노래를 부르자
이 땅의 자라난 자손들이여!

색지편지

내 맘을 못 그리고 저 맘을 모를바엔
두 마음 가렸으니 색지와 같으렸다
곱든지 믿든지간에 아실대로 아 시 오

서사정

낚시대 걸어메고 오빠들 놀러갈제
나도 가 가치 가 조르던 옛날 그길
모랫길 너른 펄판에 곳마다 험하었소
정자에 걸어앉아 점심을 먹고나니
고기는 꼬리 치고 물새가 날아갈제
서화담 낚시질하던 움쑥한 돌 보았소

선유

십리의 긴 물줄기 시야에 멎어있고
석양의 붉은 햇빛 물빛 더 고을세라
내 마음 물빛보다 더 곱게 곱게 비치려

선죽교

오백년 또 오백년
억만년 지나인들
충신의 맑은 피야
무심히 씻기리까
한 몸에 흘린 피가
만 몸에 흘러들어
눈물을 머금고서
길손들이 돌아가오

세금정

칼씻던 맑은 물에 내 마음 정히 씻어
행여나 세속물에 내 양심 렐드세라
내 얼굴 비최주듯이 내 맘 또한 빛이려
강줄기 좁은 물에 행인이 찾아오니
곳곳이 자연의 정 탐탐히 숨겼으니
이땅에 보물 뚠졸을 뉘라 알고 왔으랴

세탁

봄시내 방치 소리 분주히 살려하오
힌 빨래 색 빨래가 히끗이섞였으니
인생의 삶이란것은 이러한대 있 나 보

소요산

아담한 자연속에 숨겨두둔 기이한 꽃
단풍도 곱거니와 산꽃이 새락한대
길길이 맑은 물줄기 인도하오 행객을
봉마다 조각한듯 기이한 기암괴석
뉘라서 이 땅우에 이렇게 차려놓아
값없이 가고오는 손을 맞이하여 주는가

손수건

차두의 작별하든 아차한 눈매
울일듯 울듯 참아 못보다
기적소리에 다시 고개들어
마지막 눈매를 보려하였소
그제는 당신이 고개를 숙이고
떨리는 당신의 가슴인듯이
바람에 손수건이 휘날리여
내마음 울리기를 시작하였소
일분 일각에 마조친 시선
할말을 못하며 난위든 그날
잡으려해도 잡을수없었고
머물려했어도 머물을수 없었소
시간을 다토아 달아나든차
사정을 어찌다 생각했으리까

멀어지던 당신의 손수건만
아직도 희미하게 보이는듯하오

송경

송경의 봄을 맞이했을 때마다
새는 노래하고 꽃은 웃어 주었지만
그러나 내 마음 웨 눈물과 한숨이
것잡을수 없이 솟우쳐 나왔었소
송경의 여름이 돌아왔을 때마다
녹음이 진진하고 냇물이 흐르지만
그러나 내 맘은 웨 번민과 슬픔이
견딜수 없이 은근히 치마앞을 적시었소
송경의 가을을 맞이했을 때마다
새빨간 단풍이 솔뫼 아래 붉어
새파란 솔 사이에 새빨간 단풍은
우리의 마음에 붉게 물들여주었소
송경의 겨울이 돌아왔을 때마다
청솔과 힌옷에 하얀 눈이 덮어 주었소

오백년 전부터 날마다 눈물의 역사를
저 솔잎 속마다 깊이 마라두었소

송악산

말 없이 오백여년 네 웅심 뉘 알소냐
눈 온다 변했으랴 바람에 소리쳤나
큰 뜻을 가진 그대는 때가 와야 말하지
나즉한 그대 키는 앉은듯 아담하고
만월대 옛 궁터는 닫힌듯 적막한데
뻐국새 옛정 그리워 밤새 홀로 우는가
헐벗은 송악산은 이땅의 자손 같이
주리고 헐벗은몸 때되어 입혜주지
남이야 잘 먹든 잘 입든 부러마라 너대로
정들고 공들인뫼 언젠들 변할소냐
너의 뜻 굳게 세워 일월과 한가지로
쉬쟎고 나가보라 날이 있으니!

수선화

백옥을 깎아 만드러놓은듯

향기롭고 백설 같은 수선화

우아하고 존엄하게도

물의 잠겨 고상히 침묵하오

넓즉한 그릇에 담북 담겨

주인을 기다리는 수선화

침방에 가득히 채워 준

청담한 향취에 늙지않겠소

숙직

하늘에 별도 무리지어 놀고
땅우에 버레도 무리지어 울것만
나혼자 빈집에 외 그림자같이
몹시도 내마음에 적막을 이르켜 주었소
뒤뜰에 갈대는 추풍에 휘휘하고
앞뜰에 오동잎은 넘실거리든 밤에
웨이리 내마음 고적을 못이기여
잠못들어 찬이슬에 옷적시였소
마루우에 반넘어 달빛이
조용이 고요히 위로해 주는듯
그러나 공연이 옛날에 추억이
수건을 적시며 공포를 주었소
추정이란 몹시도 쌀쌀하고 냉정하오
아모리 다정을 잡아 생각하려도

은하수길조차 적막해 보이고

이웃집 개짖는 소리까지 내마음 울리었소

시간

하루에 세시간이 번가라 돌아온다
바쁘고 어려웁고 긴장한 인간생활
날마다 왔다갔다 하니 그차례는 모르겠소

애도

슬프다 친구의 별세함이여

인생의 생명줄이 어찌그리 짧았던고

움성이 아직도 내귀의 들리는듯

태도가 오히려 내눈에 보이는듯

『인생은 짧고 예술은 길다』 했지만

그대와나와는 몰랐든 탓일세

인생이 그렇게 짧은줄을 알았더면

그대와 잠시라도 떠나있지 안했을것을

그대와 소꼽질하든때를 잊지못하겠노라

그대는 친구에게나 누구에게나

한결같이 우슴을 주든그얼골

친구의 덕성을 연모하노라

애도하며 추억하노라

나는 소래처 울어도 보았노라

알었는가? 몰랐런가?
아직도 한마디 대답을 남겨 안주겠나

야경

잠 아니 오든 기숙사 침방으로
저 밖에 야경도는 뚝딱 소리
처량하게 들려주어서
집생각이 더 나게 하였소
이웃방에 웃음 말소리 그치고
왼 세상이 고요하던 그밤에
남몰래 침상에서 울던 그옛밤
오늘엔 옛이야기 같이 생각되었소

어머님!

오늘 어머님을 뵈오라 갈수가 있다면
붉은 카네숀꽃을 한아름 안고가서
옛날에 불러주시든 그자장가를
또다시 듣고오고 싶습니다
누구라 어머님의 사랑을 설명하라 한다면
나의 평생의 처음 사랑이오
또한 나의 후생에도 영원할 사랑이고
큰소래로 웨처대답 해주겠읍니다
누구라 어머님의 성격을 말하라 하면
착하신 그마음 원수라도 용서해주시고
진실하신 그입엔 허탄한 말슴도없었고
아름다온 그표정 평화스러우시다 하겠읍니다
님의 간절하시든 정성의 기도
님의 은근하시든 교훈의 말슴

마음끝님을 예찬 하려하오나
혀끝과 붓끝이 무디여 유감입니다

에던

그림보다 생각보다 실경보다
더 화려하고 숭고하고 신비한
창조주의 걸작품만 두었던
아직 보고 듣고 생각 못했던 동산
일, 월, 성, 신이 처음 비춰주고
금수, 곤충, 어별이 시작한
생명수가 흐리고 생명과가 열린
행복, 자비, 진, 선, 미, 성만
아름답고 사랑스런 이화와
튼튼하고 진실한 아담은
아침의 햇빛 저녁의 달빛아래
저의 둘의 산보하던 동산이었소
높은 산은 저들의 영광이며
넓은 동산은 저들의 부귀였소

신비한 산림은 저들의 정신이며
숭고하고 찬란한 빛은 저의 웃음이었소

연못

닶직한 연못 속에 연꽃이 곱게 피어
진세의 군자들을 눈주어 찾어 보오
본심이 맑고 곱거니 흙탕이라 변하리까

옛날과 새날

밤 을 격 한 오늘
오늘에 지나간 어제는
옛날에 이름을 띠고 가고
오늘밤 마치눈 새벽은
새날의 날개를 펴고 왔소
옛날은 한숨 쉬이고
가시로 꼬은 줄을 잡고
어둠의 나라 사막을 지나
풍랑이 심한 고개를 건너
영원히 새날을 떠나갔소
한눈의 눈물 한눈의 웃음
어제는 실패와 후회를
잔뜩지고 돌아가고
새 날은 승리와 행복을

잔뜩 안고 돌아 왔소

새 날은 가만히 웃음을 띠우고

평화의 옷을 지어 업고

자유의 수레에 실리어서

기쁜 웃음 즐거운 노래로

우리 조선을 찾아왔소

오늘

오늘은 십년보다 얼마나 더 귀한고
어제도 이별되고 내일도 모를 일이
그러나 오늘 하로만은 마음놓고 살려오

오빠의 마음

모든 남성이 오빠와 같다면
무서울 사람이 어데있어요
낮에나 밤에나
오히려 역경엔 도아줌받지오
모든 남성이 오빠의 진실같다면
백니나 철리를 동행한대도
속임을 받거나 의심을받거나
그러한 실예가 어대있어요
모든 남성이 오빠의 우애같다면
시기를하거나 욕심을 내거나
네것 내것을 가리거나
그러한 허욕이 어데있어요
모든 남성이 오빠의 마음같다면
여성을 얼마나 존경하고

도아주고 덮어주고
눈물과 우숨을 같이해주겠어요

우숨

당신의 맑은 눈동자에서
고결한 우숨을 찾었읍니다
당신의 붉어지든 얼굴에서
열정의 우숨을 보았읍니다
당신의 떨리든 입살에서
단순한 우숨을 느꼈읍니다
당신의 침묵하든 표정에서
고요한 미소를 발견 했읍니다
당신의 검은 머리우에서
청춘의 우숨을 보았읍니다
당신의 나려뜨는 눈섭아래에서
진실한 우숨을 보았읍니다
당신의 씩씩한 기상에서
긴장한 우숨을 느꼈읍니다

당신의 간절한 인사의말에
쾌활한 우숨을 들었읍니다

우연

우연히 만나 알게 된 사랑
공연히 오늘은 고민을 주었소
올수도 없고 웃을수 없으니
자연히 인생을 괴롭게 하오
우연히 정들고 공연히 찾게 되니
인간의 애착이란 무섭게 어렵소
오늘도 우연 내일도 우연
인생의 일생은 아마 우연인가하오

우의 묘

운다고 오시리까 부른다 대답할가
생사길 나뉜 후니 모를세 하늘일을
남 은정 못 잊어와서 애도하고 가노라

웃음울음

웃음은 새털과 같이 가벼웁게
그대 찾어 웃개 하고
울음은 나를 찾어와 무겁게
천근과 같이 들수 없는 울음이오
웃음을 위하야 나는 가려오
내 마음대로 울어보려고
그대 맘것 웃어 보시오
웃음은 네것 울음은 내것이오
오늘은 내가 울어도
내 일은 그대가 울것이오
내 일은 내가 웃을터이니
웃음과 울음은 경선과 위선같소
울음과 웃음은 날개를 달고
이 집 저 집 갔다 왔다

울렸다 웃겼다 번갈아하나니
오늘은 내가 울어도 내 일은 웃겠소

유적

쇠라도 등녹이 덮였을것이오
돌이라도 깎였을것이었지마는
정역이 함한 순결한 피라
아직도 돌다리우에 뚜렷이 보이오
하루도 아니고 이틀도 아니고
기세찬 장마를 긴 세월간에도
흙이 덮이고 패이고 흘러갔으련만
아직도 저 흙 우에 뚜렷이 보이오
굉장하게 높이 쌓은 대리석 다리야
한시간에도 수만사람이 왕래하것만
선죽교 외롭고 적막한 충신의 다리야
행객이 있거니 없거니 늘 붉어있소
그리하야 고려의 자손들이란
피 식을 날이 별로 없이

죄 없이 고결한 저 붉은 피가
이 땅의 자손들을 길러주었소

이별

이별의 눈물을 설다하거든
사랑의 우숨을 끊어주시오
이별은 슬픔과 아픔이며
사랑은 위안과 쾌락이었읍니다
이별의 고적을 참을수 없다면
사랑의 다정을 끊어주시오
이별은 적막과 괴름이며
사랑은 만족과 행복 이없읍니다
이별의 정을 냉정타하거든
사랑의 열정을 끊어주시오
이별은 불행과 불만이며
사랑은 즐거움과 무조건이 아니외다
이별의 시간을 지루하다 하시거든
사랑의 긴장을 끊어주시오

이별은 무정과 무한이며
사랑은 공간과 시간이 없다합니다

이스라엘달

어제밤 영화에 나타나던 그처녀
아모리 잊으려도 잊어안지고
오늘도 또다시 내앞에 나타나
몹시 내마음 내눈을 어즈럽게 하였소
인정이란 시간의 제한이 없이
하로밤에도 만리장성을 쌓는다든
옛 사람에 그말을 생각하면서
주인공 그처녀를 연모 하였소

인생

인생은 반작반작 마주친 전광 같이
찰라의 생명이니 기약을 어찌 하오
심장의 맥박 따라서 사는대로 삽 세 다

일기

맥없이 웃고나니 긴한숨 거듭난다
흐릿한 자회색빛 하늘도 한심한듯
내 맘도 저 하늘처럼 울울불락 하여라

임의 노래

피아노의 반주할 임의노래를
바다가에 나아가 들어보았더니
해풍에 물결소리 위엄스러워
저보다 장엄한곡 못들었읍니다
거문고의 반주할 임의 노래를
산우에 올라가 들어보았더니
산조들의 자연곡의 저노래보다
유창하고 자유로운곡 못들었읍니다
키타의 반주할 임의 노래를
녹음방초 자리우에 앉어들으니
풀잎마다 머리좋아 속살거리는소리
저보다 더 고흔 음성 못들었읍니다
빠요링의 반주할 임의노래를
빈방찾아들어가 들어보니

내 가슴에 맥박소리 다정하게도
저보다 신비한곡은 못들었읍니다

임의 음성

아무리 멀고먼 곳에서 라도
임의 음성이 들려 온다면
만가지 급한일 다 던저두고
임의 자취따라 갈 터입니다
아무리 몸아픈 병상이라도
임의 음성이 들려 온다면
걸어서 못간다면 기어서라도
임게신곳에 갈 터입니다

임의 잠

남들이 다자는 밤중이라면
행여나 단잠을 깨실서라 하고
치마자락을 붙들며 발 저겨더디고
나비라도 놀래지 않게 지나가련만
남들은 열중히 일하는 낮에도
임 홀로 밤낮 주무신다 하면
할일 많은 우리 집 살림을
누구라 한다구 밤낮 주무시나요
남들이 다자는 밤중이라면
행여나 단꿈을 깨실서라 하고
추녀기슬에 제비잠까지 깨지 않게
숨소리조차 죽여 조용히 지나가련만
남들은 열중히 일하는 낮에도
임은 어찌해 깨실줄 모르시나요

할일이 많은 우리 집 일을 하시려
언제나 그 잠을 깨이시려 하십니까?

임의 정

남은 실증도 난다하나
나는 그리워 괴롭습니다
참다 못해 잊어나 볼까하여도
잊어는안지고 못잊어 괴롭습니다
동해 물결에 배를띠워
깊은 곳으로 찾어갈가
백두산 아래에 사다리놓고
높은곳으로 올라가볼까
임의 정은 남아있지만
임의 용자는 볼수없고
임의 집터는 남아있지만
임의 음성은 들을수없어요
높지도않고 깊지도않다면
어대로가서 만나뵈올지

참다못해 잊어나볼까 하여도
잊어는안지고 못잊어 괴롭습니다

임의 집

임의 정원 안에 누구라 있나 하고
하도 속이 상해 가보았더니
해마다 곱게 피는 분홍 국화만
그늘 아래 조용이 졸고 있읍데다
임의 서재에나 게실까 드려다보니
백화 난만하던 고려문장만
길길이 쌓인 우에 먼지가 덮이고
책상 앞에 빈 의자만 낳였읍데다
행여나 임이 나오실까 하고
임의 방문 앞에 반일을 섰을 때
바람에 흔들리든 풍경 소리만
왱겅뎅겅 나섰을 뿐이었읍니다
임의 침실을 드려다 볼때
상아침상 이나 호피보료도 안보이고

낮의 햇빛 밤의 달빛만 홀로
임의 집을 지켜주고 있읍데다

자연의 마음

눈이 나려덮고 어름이 얼어붙어

언제다시 풀이돋고 꽃이필가

막연하던 저땅우에서

자연의마음은 손을버려 헤처주었소

그리고 사나운 바람도 막아주고

어름을끄고 눈을 녹여서

저 어린풀삭 저곻은 꽃봉아리

지나간 봄같이 잎돋고 꽃피게하었소

밟아버리고 긁어바린

저 거츨고 사나운 뜰에서도

자연의마음이 꽃씨와 풀씨를

또다시 고루 고루 뿌려주고 갔소

그래서 어려운 움집길에나

부요한 대궐 앞에 한결같이

향기와 색채를 고루고루
인간에 사랑을 주고갔소

자취

온 자취 간 자취가 무얼 봐 안다 할고
물우에 지워지고 눈우에 녹았으니
인생의 살아진 자취란 한줌 흙만 남았소

전화

전화로 사귄 친구 길에서 만났더니
음성은 익숙하나 얼굴이 서 툴 렀 다
이후란 보도 말도 말고 생각만이 어떴소

정

기약코 이별한벗 안오네 ●봄와도
불이고 물이었단 다 식고 ●셨건만
정이란 불,물보다 더 없에기가 ●렵소

제호새

모성애를 가진 저 제호새
어린 새끼를 먹여 기르려고
천신만고를 무릅쓸고
먹일것을 찾아다니요
모이 주머니에 잔뜩 넣어가지고
제 집을 찾아가 어린 새끼들에게
차례차례 먹이는 모성애
사람이나 새나 사랑은 같으오

죽엄

넓은 벌판을 휙 지나가는

저 회리바람 처럼

나의 생명도 어느날 어느때

휙 지나갈시 뉘 알겠소

여름날 이슬아츰에

꽃잎에 이슬이 가마니 슳어지듯

나의 생명도 어느날 어느때

생명줄이 고요히 끊질런지 알겠소

삶이란 객지에 생활을 떠나

죽엄이란 고향을 찾어갈때

영원이란 진행곡에 발을마쳐

저나라에 행복의 수레에 실려갈지 알겠소

꽃은 시들을가 더곱게 보이고

인간은 이별될가 더 긴강해지오

합품하며 지루하게 사는것보다
아차하게 짧게 죽는것이 더값있소

참새

잠 깨라 재절댄다 줄 끝에 참새 새끼
짹짹짹 귀 아프게 무어라 종잘 대나
아마도 날 게으르다 새벽 마다 흉 보 지

창문

때는 여름 찌는듯한 날인데
홀로 심심하게 누워서 책을 읽다
무엇이 푸덕푸덕 하기에 찾아보니
참새 한마리 열런 창문으로 들어왔소
두론 문은 그대로 열려 있었소
찾지 못하고 이리저리 허덕대기에
인생도 역시 역경에 방황할 때 저렇거니
너무도 가엾어 사방문을 열어 주었소

첫 생일

「救我[구아]」의 큰 소리로 인간에 출세하야
뭇 손이 어루만져 팔복을 빌어주니
첫돌인 오늘이란 부대 큰 사람이 되소서

청양사

엣 정이 그립다고
절간을 찾아오니
불빛에 향기 쌓여
바람도 맑을시고
봄곡조 음을 맞혀
웃음 섞여 노래했소

초월

높은것 초월인가 깊은것 초월인가
연못에 연꽃피듯 물우에 기름 뜨듯
군자란 잡류중에라도 청렴하게 살 았 소

축도

산간을 찾어옴은 인간을 피하렸다
피해온 이 절간은 인간이 더 많은이
이제란 더 축도 할것은 내 맘인가 하였소

충신의 무덤

충신이 묻혀 있는 수림 속에는
옛님의 넋이 이 땅을 축복해주며
오고 가는 길손에게 하는 말이
조상은 죽어도 충의는 살았다 하오
모르는 행인은 무심히 밟고 가나
그의 자손들이야 눈물 없이야
조상 아니하고 지나갔으리까
충신의 갸륵한 충의를 경의하고 갔소

칠성

푸른 깁 저 하늘에 칠성이 반짝반짝
형 제별 우애 있게 은하수 강가 옆에
옛 노래 새 노래 불러 이 강산을 지키오

크로—애

여름날 초장에 햇 빛을 동지고
홀로 앉어서 크로—애를 찾는데
『무엇을 찾으오』하는 익숙한음성에
휙 돌아보니 기다리든 벗이었소
말없이 휘파람으로 웃음섞어
믿음, 소망, 사랑, 행복, 이라고
크로—애 한잎새 손의들고
뱅뱅돌리며 노래해 주었소
말없이 부드러운 풀잎을 만지며
고요한 햇비츨 바라보면서
높다란 나무가지 무성한 잎속에
매아미 소리만 듣고 있었소
작년에 크로—애와 그회파람소리
오늘도 들릴듯 돌아다 볼때

바람도 내정을 짐작했는듯
앞뒤로 찾아줄듯이 부슬럭 거렸소

편지 속의 꽃

한송이 그대 마음 한송이 나의 마음
두송이 보낸 뜻은 모를리 없건마는
그래도 믿지 못할맘 두 맘이나 아닐까.

평범

신기한 자연 이치 평범에 숨었나니
구태여 아로사긴 기 형만 보지 마소
늘 보는 저 광선 보오 평범한대 비치오

폭포

나즉한 저 폭포수 웅변을 가라치려
쉬잖고 흘러 흘러 음성을 조절하니
뉘라서 물소리 찾어 고음 독창 하는고

피아노

높은 소리 낮은 소리
올랐다 나렸다 또가마니
생명곡에 마처 주워서
쾌락하고 숭고한 음악이었소
가느단소리 우렁찬소리
이강산을 떠들석하니
웃음을 띠운 인생곡이나와
멀리 더멀리 보내주었소
백어같은 그대의 힌손에
은어 금어가 꼬리를 치는듯
내귀에 들려 웃겼다 울렸다
이대로 음악속에 살고 싶으오
황혼도 기웃이 드려다보며
그대의 얼굴에 웃음띠우니

우정 자연 모든 정든 벗
나를위하야 놀아주었소

한글날

그대는 우리의 입이 되어서
하고싶은 말을 대신해 주시오
그대는 우리의 손이 되어서
쓰고싶은 글을 다 써주시오
그대는 우리의 정신이 되어서
장래일까지 승공해 주시오
그대는 우리의 발이 되어서
오대양 육대주 여행하고 오시오

해수

관대를 가르치는 저 바다 바라보오
가 없이 넓은 해수 한방울 모고 모여
저렇듯 장엄 하게도 출렁대오 해 풍 에

햇빛

장하다 저햇빛은 일곱번 단련받은
은빛과 금빛보다 더 밝게 비치나니
내 맘도 저 햇빛 같이 가림 없이 비치려

행주치마

한양 여걸의 그 행주치마
나도 한번입어 봤으면
돌이아니라 금덩이 였든지
연전연승 했든 그 행주치마
잔돌 굵은돌 비발치듯이
석전시대가 그립습니다
화살 총알을 막아내기에
뚫어지고 찢어졌든 그 행주치마
오늘 우리의 앞치마에는
무엇하기에 해여졌나
한심한 살림사리에
눈물 바지하기에 해여저 가지오
한양 여걸의 옛 행주치마
찢어졌어도 그의 열정이오

뚫어졌서도 그의 충심이니
땀과 피를 쌓든 그 행주치마

화원

조운의 비쳐뵈니
향기 더욱 새락하오
모우의 적서 내니
잎 잎 더욱 청 청하오
봉오리 꽃들은
한편에서 미소하고
만개한 꽃들은
한편에서 꽃비날이오
붉은꽃송이 황금수염속에
천사같은 저나븨들
단꿀속에 들락 날락
꽃의반해 떠날줄 모르오
꽃을 사량하든 나의손은
꽃을 꺾지를 못하였소

꽃을 사랑하든 나의발은
꽃을 밟지도 못하였소

화장실

그대의 화장실에 문이 방싯이 열렸을제
맑은 향취가 살살기여 나왔소
텁텁하던 인간에 긴장한 호흡이
희미하던 정신을 새롭게 하였소
그대의 화장실 문이 반쯤 열렸을때
오색의 화분들이 고개를들고
객의 시야가 머즐 그곳까지
은근히 내시선을 끌어갔었소
그대의 화장실 다 들어가
사방을 둘러보다 문득
미인의 라체화에 시력이머저
말없이 객정을 반하게하였소
화장대 앞에선 우미한 태도
남치마 미색저고리 남끝동

사랑스런 웃음 침착한 동작
공주와같이 귀골스러웠소

황혼

금놀을 치는 저녁 강가에
이몸을 띠여 건너가 볼까
황금색 장막이 나려덮이는
황혼의 산간에 들어가 놀까
구름을 걷우어 내 의복 만들가
저 무지개 잡고서 하늘에 올을가
새를 날려서 앞서 보낼가
꽃을 피어서 웃음을 만들가
노래배 여기저기 웃음이 가득한데
저녁놀 바라보니 불꽃 같소
새빨간 불꽃이 타오르는듯
검은 연기가 뭉게뭉게 나오는듯
고적하고 울적한 마음이
푸르고 붉고 흰 전등에빛어

관객의시야에 머저있으니
밤인지 낮인지 모르겠소

휘장

누구라 부르는가 그 안을 엿봤더니
꽃보다 이쁜 소녀 당사로 수놓을때
바람도 가만 가만히 들락 날락 엿 봤 소

힌새

힌새야 너는 이강산에 자란 몸이니

두 날개 쫙 버리고 높이 날아

네무대가 어떠한가 눈닉혔다

뉘와서 묻거든 본대로 일러주어라

백조야 너는 이산간에 주조되여

객조들이 찾어올제 손으로 맞이하라

뭇새들 네배경을 구경하다

잠간놀다 갈터이니 시비마라

백의의 환경에서 길이운 네몸

●힌털을 행여 드렐세라

남이란 네힌깃을 새우리니

록음방초 지나갈제 조심하여라

악풍폭우 심히온다 겁내지마라

역경에 네야 이땅의 풍운아이다

적은바람 큰바람 쉬일날이 없나니
얼른자라 대담하게 훨훨 날아보라

장정심

(張貞心, 1898~1947)

여류시인, 기독교인.

1898년 9월 2일 개성에서 출생.

1916년 호수돈여자고보를 졸업.

1927년 협성여자신학교를 졸업.

1927년 시를 쓰기 시작, 그리스도교계에서 운영하는 잡지 《청년(靑
   年)》에 종교와 윤리의식을 바탕으로 한 서정시를 발표.

1933년 제1시집 『주의 승리』를 발간.

1934년 제2시집 『금선(琴線)』을 간행.

1932년 『신생』을 통해 자연에서 제재를 택한 시조를 발표하면서 본
   격적인 활동을 시작.

1947년 사망.

독실한 신앙심을 바탕으로 한 여류시인
: 초기 여성 시단의 선구자

협성여자신학교(協成女子神學校)를 졸업하고 감리교여자사업부 전도사업에 종사한 그는, 1927년부터 시를 쓰기 시작하여 많은 시작품을 발표했다. 주로 기독교계에서 발행한 『청년(靑年)』지에 종교와 윤리의식을 바탕으로 한 서정시를 발표하였다.

1933년 한성도서주식회사(漢城圖書株式會社)에서 간행한 첫 시집인 『주(主)의 승리(勝利)』는 신앙생활을 주제로 한 작품들이 수록되어 있으며, 1934년 출간된 두 번째 시집인 『금선(琴線)』에는 서정시·시조·동시 등으로 구분된 수많은 작품이 수록되었다.

독실한 신앙심을 바탕으로 한 서정적인 종교시를 여성 특유의 섬세한 필치로 보여줌으로써 초기 여성 시단의 선구자적인 역할을 하였다.

큰글한국문학선집: 장정심 시선집

국화

© 글로벌콘텐츠, 2019

1판 1쇄 인쇄__2019년 01월 20일
1판 1쇄 발행__2019년 01월 30일

지은이__장정심
엮은이__글로벌콘텐츠 편집부
펴낸이__홍정표

펴낸곳__글로벌콘텐츠
　　등　록__제25100-2008-000024호
　　이메일__edit@gcbook.co.kr

공급처__(주)글로벌콘텐츠출판그룹
　　이사__양정섭　　편집디자인__김미미　　기획·마케팅__노경민 이조은 이종훈
　　주소__서울특별시 강동구 풍성로 87-6(성내동) 글로벌콘텐츠
　　전화__02-488-3280　　팩스__02-488-3281
　　홈페이지__www.gcbook.co.kr

값 17,000원
ISBN 979-11-5852-228-5 03810